VIOLETA BALIÁN

Rumbo a Zoar
y
otros relatos

Publicado por Eriginal Books LLC
Miami, Florida
www.eriginalbooks.com

Copyright © 2014, Violeta Balián
Copyright © 2014, ilustraciones, Miriam Ascúa
Copyright © 2014, diseño de portada, Ernesto Valdes
Copyright © 2014, de esta edición, Eriginal Books LLC

Primera Edición: noviembre 2014

ISBN-13: 978-1-61370-057-0

A mis sobrinos:

Fernando, Eduardo,

Julieta, Silvia,

Andrea y Alejandro Beredjiklian

Rumbo a Zoar, una selección de relatos en los que se percibe como hilo conductor el misterio que Violeta Balián sabe administrar con cuenta gotas, unas veces en toda su crudeza y otras dejando unas elipsis profundas que hacen volar la imaginación confundidas en dimensiones que corresponden a mundos paralelos. Extraordinario balance en el que la ficción y la realidad hacen gala de su desbordante imaginación.

Blanca Miosi,
Autora de *La Búsqueda*
Caracas, Venezuela

Violeta Balián, con un estilo directo y agradable, alimenta la curiosidad del lector, presentándole seres sobrenaturales e introduciéndolo en mundos fantásticos, pasados remotos o sitios actuales donde intrigas, amores y odios confluyen en desenlaces inesperados. Más allá de una lectura dinámica y atractiva, ***Rumbo a Zoar y otros relatos*** invita a la reflexión, a sumergirse en los recodos del espíritu humano, en la confusión misma de belleza y fatalidad. Sin lugar a dudas, mérito de la autora y motivo para celebrar.

Fernando José Veglia
Periódico *Irreverentes*,
Buenos Aires

ÍNDICE

PRÓLOGO

El terror, la ciencia ficción, el género fantástico en general, son comarcas mayormente habitadas por hombres. Violeta Balián se aventura por esos andariveles con una prosa amable, elegante y precisa que además, admite varias perspectivas merced al eco de fondo que nos deja la, si por sutil no menos efectiva, pareja erudición de sus conocimientos académicos.

Siempre con una lograda ambientación, no importa si es una localidad argentina en la actualidad, Paris en los inicios del siglo XVIII, las inaprensibles geografías del Asia Menor, una sociedad distópica o un universo paralelo, lo que importa es el drama humano, profundamente humano, que sus historias retratan.

Con un trazo mínimo pero intenso, los personajes delineados cobran vida más allá de las páginas que les dan cobijo para interrogar nuestras creencias o aún, nuestras propias conductas.

Leer sus creaciones no sólo es un hallazgo. Es un placer.

Pablo Martínez Burkett
Buenos Aires, octubre de 2014

But life is wakings-up,
all unexpected, all surprising.

John Crowley, *Little,Big*

Espuma de mar

Ella, a diferencia de sus hermanas que no aprendían nada nuevo ni olvidaban lo que ya sabían, se acercó a la Arpía de Oriente y preguntó por cuántos años vivían las sirenas.

—Doscientos. Y cuando mueren, se convierten en espuma de mar.

—¿Y los humanos?

—Oh, mucho menos… al morir, algunos continúan existiendo en el Cielo.

—Ah. Si es así, quiero ser humana.

—Bien, siempre y cuando uno de ellos te jure amor eterno —explicó la bruja entregándole dos medidas de *Perro del Cielo*, el elixir que confiere poderes de ascensión y descenso, celosamente preparado por los herméticos de Alejandría con *Perro de Carasceno* (azufre) y *Perra de Armenia* (mercurio).

—Lo necesitarás —gritó la vieja viendo a la sirenita encaramarse a lo alto de una roca para encantar a los hombres de mar con su dulce voz.

Como el tiempo lleva tiempo, al fin una tempestad lanzó a una nave y sus tripulantes sobre la isla. La sirenita, pasando entre los moribundos, reconoció al hombre que la amaría por siempre y éste, embriagado de su belleza y solícitos cuidados, le juró amor eterno.

—Llévame a tu mundo —instó ella cargándoselo a cuestas, cursando las aguas y enfrentando inenarrables peligros hasta llegar a las costas de un extraño país. Allí y tan pronto bebió el primer elixir se transformó en una mujer como todas las demás, con una figura que ya no terminaba en cola de pez sino en un par de hermosas piernas que querían bailar.

Pobres, sin hijos, el hombre y su mujer vivieron en una casa de piedra, en lo alto de una montaña. Él cortaba leños y cuidaba ovejas; ella, bajaba a la aldea y bailaba en las tabernas. Pasaron los años, el hombre envejeció y a punto de morir, confesó que era otra a quien amaba.

Sobre una roca, frente a la enormidad del océano que la separaba de los suyos, la mujer lloró la pérdida de su vida eterna. Bajo el sol de mediodía y acompañada del Canto de Pan, bebió el segundo elixir, recobró su naturaleza de sirena y retornó al mar.

Cuentan los antiguos que a su regreso, la bella sirenita recorrió las aguas del planeta entonando las viejas melodías que seducían a incautos e infieles marinos, y los guiaba a su muerte. Cuando a los doscientos años de edad dejó de existir, pasó a ser espuma de mar.

Águilas Blancas

Centenaria y emplazada en medio de la sierra, la estructura pasó a manos de Wanda, la millonaria americana. Orgullosa de su adquisición —la propiedad había pertenecido a un presidente de la República— la mujer anunció en un té de señoras que celebraría su cumpleaños en el pabellón de caza.

—Es una ruina… ni siquiera tiene electricidad —comentaron las presentes.

—Ya conectarán —aseguró Wanda, convencida de que sólo una gran fiesta limpiaría las energías estancadas del caserón. Pero cuando la conexión eléctrica no se concretó, fue ella misma quien propuso que cada invitado trajera consigo una vela.

Como todo debía ser blanco y suntuoso, en las galerías se vistieron mesas ataviadas con centros florales y velas de ese color. En las paredes carcomidas del gigantesco hall colgaron guirnaldas de flores y se dispusieron mesas con candelabros.

Cerca de la ruta provincial, hileras de linternas marcaban el camino de acceso a los invitados quienes por orden de la señora, debían pertenecer a todo estrato social. Cientos de personas, vela en mano, se aglomeraban ante la entrada al *hall* y una vez adentro, hechizadas por el chisporroteo constante y el perfume de miles de candelas, contemplaban, atónitas el incongruente interior del pabellón.

A la medianoche, vestida de blanco y con la cabellera adornada de flores, Wanda hacía su entrada triunfal. ¡Parece un ángel!, exclamaban a su paso los invitados.

La orquesta engarzó unos compases. Un desconocido con sombrero negro de ala ancha avanzó hacia Wanda para tomarla de la cintura, y bailar el anacrónico vals. Otras parejas se les unieron en turbulento frenesí. De pronto, por los tragaluces del techo, irrumpieron insólitos rayos de luz que iluminaron el recinto en su totalidad. La música desistió. Pasmados, los asistentes se encontraron rodeados de espectros, zombis y otros seres extraños que los sobrepasaban en número.

—¡Los demonios están aquí! —gritaron unos pocos huyendo a la sierra, perseguidos por los nuevos y discordantes sonidos de la orquesta. A la distancia, horrorizados, contemplaron como el pabellón se consumía en llamas y las huestes diabólicas se elevaban hacia la bóveda estrellada arrastrando consigo a cientos de almas. Entre ellas, distinguieron la cabellera rubia y el vestido blanco de Wanda, la señora americana.

Tropical Gardens

Necesita tomar aire, dijo Robert colocando a Bella en la silla, al lado de su mujer. Alice no le respondió. Sentada a orillas del jardín, entregada a repasar su sueño de la siesta —ella y Robert en su casa, en Chicago, la mesa puesta, la cena lista, esperando a Billy que no terminaba de llegar— no podía dejar de comparar esa secuencia con su presente realidad: inquilinos en una comunidad privada de la Florida. Hacía dos años, apenas llegados de su largo viaje, el administrador les informó que «En *Tropical Gardens* no se aceptan mascotas. Lo sentía mucho. ¿Cómo, no habían leído el panfleto con los reglamentos?» Ahí mismo, so pena de cancelarles el contrato, exigió que se deshicieran de la suya a la brevedad posible. Desconsolados, Robert y Alice Jones sacrificaron y embalsamaron a su vieja perra.

¿No había sido suficiente perder un hijo en combate? Al parecer, no. Sin afectos, atrapados por un calor que no les daba tregua, Alice y Robert se resignaron a vivir el resto de su insulsa existencia en un condominiojardín del Complejo B.

«¡Qué perro tan simpático!» comentó una mujer deteniéndose frente a ellos para acariciar la cabezota de Bella, pero cuando la mano de la extraña se posó sobre ella, la perra revivió, movió la cola y la miró con ojos brillantes. Por Dios, no me digan que esto no es pura magia, ni siquiera es hora de mi *gin and tonic*, pensó Alice saliendo de su letargo. Su marido ya conversaba con la mujer y el hombre que la acompañaba. Son los nuevos inquilinos, viven al fondo del pasillo, anunció entusiasmado, invitándolos a pasar al departamento a tomar algo. Los jóvenes no le defraudaron. Trabajaban en la NASA y les gustaba viajar.

—¡Qué extraordinario, a nosotros también! —exclamó Alice—. Pero nada de museos, no, prefiero Disney. No deja de asombrarme cómo esa gente, en instantes, consigue transportarme a otros mundos, y por tan poco dinero.

—A mí, en cambio, me gustaría viajar por el espacio, explorar Marte —confesó Robert encendiendo un cigarrillo. En cuanto finalizó con su ritual reconoció la figura de Bella, recostada cómodamente a los pies de la mujer.

—Estoy alucinando.

—Todo es posible —le aseguró el hombre joven con mirada extraña.

Esa misma noche, los Jones y la joven pareja decidieron viajar juntos. Saldrían a primera hora de la mañana rumbo a Cañaveral y luego a Orlando. Diligentes, los Jones confiaron sus planes de viaje y las llaves a Trudy, la vecina. ¿Están seguros? ¿Nuevos inquilinos? ¿Jóvenes? No puede ser, aquí no hay nadie menor de 65, protestó la mujer.

Al día siguiente, el encargado se encontró con un perro embalsamado flotando en la piscina. Trudy corrió a informarle al administrador que sus vecinos, los Jones habían salido de viaje esa misma mañana. No sólo guardaba ella las llaves de su departamento, sino que era testigo de que la perra Bella, vivita y coleando, viajaba en el asiento de atrás.

El número

Hace unos años, en un vuelo a California, conocí a Larry Wilkins, el famoso experto en numerología. Como es habitual, intercambiamos tarjetas de negocios.

—Ah, trabaja en finanzas —comentó.

—Así es, pero hábleme de lo suyo, Larry.

—Bien, si así lo desea. Veamos, gracias a mis años de estudio y larga experiencia, estoy convencido de que los números no sólo son importantes sino también peligrosos.

Larry analizó la fecha de mi nacimiento, hizo unos cálculos y me entregó la extraña noción de que el resto de mi vida dependía del número 9 o una combinación de dígitos que sumara o se redujera al 9.

—Por sobre todo, evítelo y tenga cuidado de que no esté entre los números de la casa, el teléfono, vuelos, trenes, canales de televisión, cuentas de banco, habitaciones de hotel, etc. —advirtió.

Se lo comenté a mi mujer.

—Pamplinas, el 9 es un número humanitario y espiritual.

No obstante, a partir de ese momento absorbí una preocupación que me provocó serios malestares: ansiedad, sudores, palpitaciones y migrañas. Al regresar de mi viaje lo primero que noté fue el número de nuestra casa, 720. De inmediato, solicité al Municipio que lo cambiara al 722. Los 9, 18 y 27 de cada mes, no salía de casa ni iba a la oficina. Prohibí todo festejo conectado con el 9. Hasta usé calcetines medida 10.

Mi familia comenzó a sospechar que sufría de una fobia importante. Tenían razón. Consulté con un psicólogo. Nada. Así, durante 9 años cohabitaron en mi memoria las ominosas palabras del ya fallecido Larry Wilkins: «Respete el 9 o no vivirá para contarlo».

Cuando la empresa me pidió que asistiera a una reunión de directorio, en otra ciudad, viajé a ésa la noche anterior y temprano en la mañana, me dirigí al edificio designado con la intención de subir al piso 51. En pleno ascenso, me percaté de que me había embarcado en un «viaje expreso al 45». Aterrorizado, le rogué al ascensorista que me permitiera salir.

—Imposible, señor, el viaje se ha programado electrónicamente.

—¡Por favor, tengo una emergencia! —grité, desaforado—. ¡Los haré responsables! —amenacé.

El hombre consiguió manejar unos cambios y la puerta se abrió. Tomé las escaleras y bajé a la calle. Abrí el móvil. Marcaba Nueva York 9:00 horas martes 11 septiembre 2001. A mis espaldas, rugió una explosión. Me di vuelta. El edificio que acababa de dejar se desmoronaba en una nube de polvo. Enloquecido, corrí varias cuadras en la dirección contraria. En un momento me detuve, exhausto. Entré a un bar y pedí un trago.

—Son 11 dólares, señor.

Entregué un billete de 20. El mozo me devolvió 9 dólares.

—Por favor, guárdeselos —le dije al salir.

Cambio de Piel

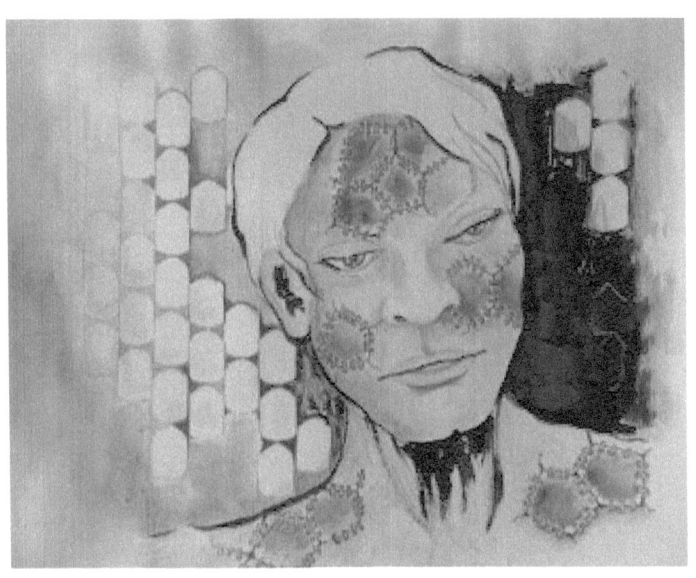

Te amo más que a mi propia piel

Frida Kahlo

La inmensidad del sembrado me dolió en el alma. A la distancia, divisé la casa de campo a la que no había vuelto desde que mi familia desapareciera en un viaje a La Rioja. Decidido, o en pos de un espejismo, caminé en esa dirección. Estará vacía, pensé al abrir la puerta, segundos antes de enfrentarme con tres extrañas figuras que salvo por los ojos y la boca, cubrían sus cuerpos con pentágonos de cuero cosidos el uno al otro. En el pecho, llevaban un parche con una foto impresa, y fue así que reconocí a mi mujer y a mis hijos.

—Papi, ¡viniste! —exclamaron los muchachos, envolviéndome en un fuerte abrazo. Bea, mi mujer, me miró desde el fondo de sus ojos azules—. Te esperábamos —susurró. No me atreví a tocarla

—¿Esta indumentaria? ¿Qué significa?

—Reemplaza a nuestra piel —aclaró bajando la cabeza, avergonzada.

Mi familia explicó que el Concilio los mantenía contenidos detrás de una barrera impenetrable. Nadie podía entrar ni salir. Comían de su propia huerta.

—Pero nos sobra la carne —dijo Ale—. Se matan más vacas de las necesarias para suplir con cueros a los individuos que necesitan ocultar las llagas que supuran bajo esta cobertura —explicó, señalando su ropaje.

—¿Qué ocurrió?

—Viajábamos en ese micro por una cornisa muy peligrosa y de pronto, aparecimos aquí, con la piel cayéndosenos a pedazos. La milicia nos ha informado que nos contaminamos durante la transición. Pero nos aseguran que la condición es temporaria. Tan pronto transmutemos en otro tipo de ser humano, nos enfundarán en una nueva piel. Increíble, esta gente se ocupa de todo —dijo Pedro, satisfecho.

Conmovido, les hablé de mi angustia, de mi impotencia al recibir noticias del micro desbarrancado, de la imposibilidad de un rescate, de la indiferencia de las autoridades y cómo, sin creer ni una palabra de lo que me decían, peregriné tras ellos la extensión del país. Pero ahora, a Dios gracias, me sentía el hombre más feliz de la Tierra. Nunca los abandonaré, prometí.

—Papá, te están saliendo unas manchas en la cara. Se ve que hiciste una transición y te contaminaste —avisó Ale.

Mi mujer llamó al encargado.

—Ya mismo, necesitamos otra piel de cueros y un parche de identificación.

Una noche en el Metropole

A Beatriz Vanasco

Galina Orlova se contempla ante el gran espejo del vestuario. El elegante tutú negro y la tiara de brillantes la han transformado en Odile, el enigmático, seductor cisne negro que interpretará como *prima ballerina assoluta* esa misma noche, en la función de gala del Ballet Ruso, de gira por las provincias. A punto de regresar a su camarín, recoge su chal y observa un par de arañas sobre la pared agrietada. ¡Odio las arañas! le grita furiosa a la encargada antes de dar un portazo y recorrer los interminables pasillos del viejo Metropole, acosada por imágenes de insectos y alimañas habitando el interior de las paredes. En su tocador, obsesionada, revisa cajones y rincones.

—Nos quedan quince minutos —avisa Vasiliev, vestido con el casco estrafalario y la enorme capa gris de su personaje, el Mago.

—Maldito, decrépito teatro —se queja *la Orlova*. Como de costumbre, su colega le pide calma, y le asegura que en el rol de Odile, nadie mejor que ella, ni siquiera la Fonteyn—. Ni hablemos de la Vorobieva, que está gordísima —agrega.

Ya bien avanzado el tercer acto y de la mano del Mago, Galina Orlova entra en escena. Deslumbrante,

comienza la serie de *pas de deux* con el Príncipe. Entre
volteretas y breves pausas percibe golpeteos que no
sincronizan con el *tempo* de la música. La orquesta
anuncia las tradicionales 32 *rondes de jambes fouettés en
tournant*. El pie en plano, apoyándose sobre su pierna
izquierda, la bailarina gira brazo y hombro hacia la derecha y completa la primera vuelta de una sucesiva y
vertiginosa treintena más.

Con ritmo acelerado y riguroso, la *Orlova* continúa
sus giros sin reparar en el ataque, instantáneo de un
hervidero de ratones que se le trepa por las piernas, se
cuelga de sus brazos, la muerde con ferocidad, y avan-
zando torso arriba se aglomera, triunfante para rotar
encima del trompo humano que es su cabeza con vein-
tiocho vueltas ya contadas. Vencida por el asco fóbico
y el escurridizo peso de los invasores, disminuye su velocidad hasta detenerse en medio del escenario con el
cuerpo macerado y la cara bañada en sangre. Agonizan-
te, se arrastra hacia el Mago. Vasiliev se adelanta a reci-
birla y rápidamente oculta sus últimos momentos bajo
la capa gris.

El público del Metropole estalla en aplausos. Cae
el telón. Desconcertados, los entendidos se preguntan
por qué la prensa local no hizo mención de las modifi-
caciones coreográficas ni de los inusitados efectos vi-
suales.

Dachnavar,
el vampiro armenio

Suceso registrado en
Crónicas de un viaje por el Cáucaso

Barón Hugo von Röhrbeck
Longmans, Green, and Co. (Londres 1881)

A poco de desembarcar en Samsún y emprender un viaje de reconocimiento topográfico por tierras armenias, contraté un guía y me uní a una caravana que viajaba en dirección sur. Una noche, acampados a cielo abierto, observé que uno tras otro los viajeros se acercaban al fuego y arrojaban cabezas de ajo para ahuyentar a los malos espíritus. Como desconocía las supersticiones del lugar, consulté con el guía y éste me habló del vampiro Dachnavar, la criatura alada que residía en una caverna incrustada en el Monte Ararat y sobrevolaba la región marcando su señorío sobre los abundantes y profundos valles de Hayastán. Y quien obsesionado por los intrusos, decretó que todo aquel que incursionara en su territorio o revelara el número secreto de sus valles, sufriría un castigo mortal. Es decir, una muerte muy peculiar; el monstruo atacaba a sus víctimas mordiéndolas en las plantas de los pies.

Y así, el Dachnavar perduró en el tiempo y la infamia hasta que un buen día encontró a su digno adversario en dos astutos extranjeros comisionados para hacer un conteo de los valles. Advertidos, los hombres se echaron a dormir poniendo los pies del uno detrás de la cabeza del otro. Horas más tarde, tanteando en la oscuridad, el Dachnavar dio con una cabeza. Tanteó el lado opuesto y allí también había una cabeza. Humillado, protestó:

—Vaya, he recorrido los 366 valles de estas montañas y bebido todas las sangres posibles sin haberme encontrado jamás con una criatura sin pies y dos cabezas.

Burlado, abandonó el país para nunca más volver y ahora, todos conocemos el número de sus valles, concluyó el guía azuzando el fuego.

Pregunté qué certeza tenían de su huida.

—Ninguna, señor. Hay rumores de que continúa refugiado en su caverna. Y también, que le han visto recorrer, melancólico, desiertos y llanuras.

Al amanecer, estalló un clamor entre la caravana. La noticia era terrible. Mi buen guía había muerto durante la noche y mostraba lesiones en los pies. Perplejo, levanté la vista y a la distancia distinguí la silueta negra de un jinete y su cabalgadura. Luego, no se vio sino polvo y por fin, ni polvo siquiera.

La sonrisa envanecida

Mirando atrás, me recrimino por no haberle prestado atención a la perra, a su mirada inquieta cuando se resistía a pasear por el sendero sinuoso del bosquecillo que nos dejaba en la calle donde podía corretear a gusto. Aquella tarde de otoño, oscureció más temprano y apuramos la vuelta. Subíamos las dos por el camino cuando vi las luces en la planta alta y una silueta contra la ventana, corriendo la cortina. Me sorprendió. Según la agencia, no había nadie en la casa.

Después de comer, Lucy se hizo un ovillo en un rincón de la sala. Curiosa, seguida de cerca por el retumbar de mis pasos sobre el piso de madera enfatizando el ambiente lúgubre de la casa, me dediqué a estudiar las fotos de la familia dispuestas en la sala, sobre el gran piano de cola, las consolas, los corredores y el estudio. Por sobre todo, me llamaron la atención los retratos en las paredes; todos ellos repetían la sonrisa envanecida de una dama cuya belleza me recordaba a Lauren Bacall.

Pero fue hacia el anochecer del día siguiente, al regresar de la caminata, que se me presentó, fugaz, la visión de una mujer alta subiendo las escaleras y la perra corriendo tras ella. Desconcertada, comencé a preparar la ración de Lucy cuando me aturdió un ruido infernal. Los aparatos de la cocina y los relojes se dispararon al unísono y las canillas, abiertas, descargaban chorros que desbordaban hasta el piso. Manipulé interruptores y cerré la llave del agua. No sirvió de nada. Presa de la desesperación, llamé al cliente, en Boston. Tan pronto se escuchó su voz, milagrosamente retornó la calma. Falsa alarma, le mentí y agregué:

—Lo llamé porque no quise molestar a su esposa.

—¿De qué esposa me habla? Mi mujer, Charlotte, falleció hace tres años. Por insistencia de mi terapeuta finalmente me animé a salir de viaje, a dejar la casa y la perra al cuidado de extraños, y de pronto todo enloquece. ¿Cómo está Lucy?.

Corté la comunicación. Instantes después, sonó el teléfono. Contesté, no había nadie en la línea. Asustada, intenté llamar a la agencia con mi móvil. No había señal. El teléfono volvió a sonar. Corrí afuera, al auto. Mi viejo Volvo no arrancaba. Abatida, volví a la casa.

Encontré a la perra echada a los pies de un sofá. Charlotte emergió y su suéter negro agravó el ondular siniestro de su rubia cabellera. Me dedicó la sonrisa del retrato. Luego, levantando el brazo como si fuera una vara invisible, azotó con fuerza al animal que gimió hasta quedar inmóvil. Atónita, me di vuelta a increparla. Imposible. Muy erguida, Charlotte ya subía las escaleras y la sombra de Lucy detrás.

Un espía enamorado

Sobrevivirá, pero le prometo
que deseará no haberlo hecho.

Gar Metat - Unión Uruksiana

Nervioso, caminé los pasillos de la Felicity Space 32 hasta el Bar de Stux para reunirme con Gar Metat, el uruksiano que me reclutó, años atrás, en Chajor. El alto oficial había venido de incógnito para felicitarme por haber llevado a cabo una importante misión, el asesinato de dos líderes de la Sección 31, una organización clandestina de inteligencia de la Federación Unida de Planetas.

—Le esperan en Uruksia —me dijo, burlón. Y sin cuidarse mucho del entorno agregó—: He aquí Ardos, agente del año, ¡quién lo hubiera pensado!

Deslumbrado por mi nuevo estatus, me atreví a mencionarle que cortejaba a Zora Banks, una joven terráquea.

—Estamos enamorados y queremos casarnos.

—Lo sabemos —respondió Gar Metat—. Pero hay un problema, su novia tiene conexiones con los *karpats* y el matrimonio es inaceptable. Peor, ella desco-

53

noce su verdadera identidad. Me temo que tan pronto se entere, no habrá vuelta atrás, Uruksia o nada…es su decisión.

Ahí mismo comprendí que para el Dominio yo era menos que un Jem'hadar. Terminada la reunión y con mi medalla en el bolsillo, regresé a mi base y me sinceré con Zora. No tenemos salida, expliqué, la orden es partir a Uruksia, y recibir adoctrinamiento. El tiempo dirá.

—Nos van a matar, Ardos. Tarde o temprano; nos van a matar, somos sacrificables —repetía.

Sin embargo, yo creía estar a salvo; formaba parte del equipo que preparaba otra misión. Hasta que alguien me avisó: Metat me había delatado con la Federación y ya habían emitido una orden de captura contra mí. Corríamos peligro. Debíamos actuar.

Zora anunció que estaba encinta y que pronto volvería a la Tierra para estar con su familia. No hubo interferencias y deduje que tramaban algo. Mi hermano ha muerto, comunicó Zora días después.

Con Gar Metat tras mis talones, regresé a la FS32 y nos casamos. Esa misma noche, contacté al Jefe Tyrfur quien procedió a enviar un mensaje cifrado: «Un agente del Dominio ha ingresado al Cuadrante Theta y se ha entregado».

Fue así como terminó mi carrera de espía y asesino.

Rumbo a Zoar

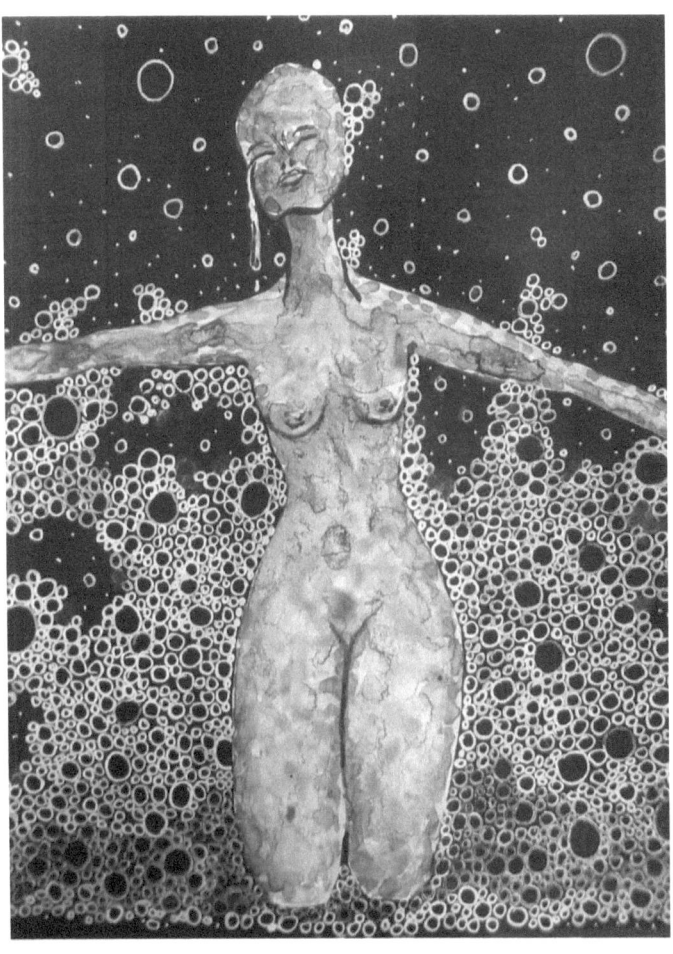

Implacables, destruyéndolo todo a su paso, las fuerzas extraterrestres avanzan hacia tu lugar en el mundo. Desde tu refugio en la montaña, frente a la ventana contemplas cómo el fuego y la muerte asolan al valle feliz. Sufres. Tus hijas mayores se rehusaron a hacer el traslado y no hay noticias de su paradero. Las menores, a tu lado, planean una huida a la base subterránea de Zoar, más allá de las líneas enemigas. Queremos sobrevivir, razonan. Para ello cuentan con la ayuda de un par de entidades híbridas dispuestas a socorrer a selectos grupos de humanos.

Anoche, los guías estuvieron de visita. Tú misma preparaste la cena y escuchaste sus propuestas. El peligro reside en ser detectados como una familia humana, morirían al instante, explican. Razón por la que deberán pasar desapercibidos sin que nada los distinga de los invasores ni de los mismos híbridos. Las horas pasan y tú no consigues apartarte de la ventana, del horrendo espectáculo que te absorbe día y noche ni tampoco del cruel, irracional rayo de esperanza susurrándote al oído la posibilidad de que tus hijas mayores hayan sobrevivido. O que la situación que estás viviendo no sea más que una horrible pesadilla.

Hoy, los guías acompañarán a tu familia en el cruce de las posiciones tomadas, rumbo a Zoar. Tu corazón gime. Partir con ellos significa abandonar mucho más que tus pertenencias. En silencio, observas a tus hijas hacer los preparativos disfrazándose con pelucas y ropas de híbridos mientras tú te demoras con cualquier excusa. Ante los guías, tu marido hace referencia a tu vejez y la suya. No habrá más hijos, se lamenta. Él quisiera hacer su parte para que la raza humana sobreviva. Ningún problema, buen hombre, tus hijas procrearán contigo y asegurarán el futuro de la humanidad.

Madre, ¡apúrate!

Cierras la puerta y emprendes camino detrás del pequeño grupo que se va adelantando y ya no se preocupa por ti. Tropiezas. Es inútil, no puedo alcanzarlos, gritas. Pero ellos ya no te oyen. De tu rostro caen gruesas lágrimas. Vencida, regresas al refugio. Te ubicas frente a la ventana y lloras, desconsolada la pérdida de los tuyos sin reparar que poco a poco te estás convirtiendo en una estatua de cristal.

El Talabartero de Damercy

Hacia la medianoche, satisfecho, concluí mi recorrido por las calles de la ciudad. A mi paso, todo dormía excepto por la figura y el andar extraño de un hombre que avanzaba en dirección de la taberna. Intrigado, lo seguí y lo hallé dentro, sentado a una mesa. Un hombre joven, y a las claras provinciano. Apretaba su cuerpo con los brazos buscando calor. Me acerqué pero su gesto y mirada rogaban que lo dejara solo, que me marchara. Insistí:

—Gaspard LeLoup, a sus órdenes.

—Jean-Pierre Guillot, talabartero de Damercy —retrucó.

Pedí algo de beber y me instalé a su lado. Pregunté qué lo traía a París. El joven explicó que hacía diez años, allá en su aldea, a orillas del río y bajo la sombra de un castaño, él y la dulce Ariette se juraron amor eterno. Al poco tiempo, ella y su familia se trasladaron París. No tuvo más noticias de ellos. Y desde su arribo a la capital, llevaba días atravesando la ciudad sin encontrar pistas del paradero de su amiga. Salvo un dato, por demás incierto, que recogió en un conventillo del Marais. Una joven prostituta, conocida como Ariette, acostumbraba recitar y cantar en los tablados callejeros hasta que se unió a la troupe teatral de su benefactor y partió con él a la provincia. A estas alturas, el artesano comenzaba a darlo todo por perdido. Sin embargo, otras lenguas le aseguraron que sabían y de muy buena fuente que al año siguiente, la tal Ariette regresó de su tournée y devino Arianne Lamarque, la célebre actriz de la *Comédie-Française*.

Ante una segunda pinta de cerveza, y con el ánimo exaltado, Jean-Pierre Guillot no tardó en presentarme su plan. Si Ariette y Arianne Lamarque eran una misma persona, él lo comprobaría hablando personalmente con la actriz. El único impedimento era su situación, paupérrima. Escuché todo su relato, harto común y un poco rancio. Aun así, le di unas monedas para que se comprara un traje y ofrecí llevarlo al teatro.

De pie, ubicados frente al escenario iluminado a cada lado por enormes candelabros, Jean-Pierre y yo nos aseguramos de ver a Arianne Lamarque en la mejor luz posible. Aplausos y rabiosos vivas acompañaron la entrada en escena de la diva y cuando finalmente la audiencia se sumió en el silencio, *la Lamarque* comenzó a recitar los versos de Racine.

—¡*Mon Dieu*! ¡Es ella, Ariette! —susurró Jean-Pierre emocionado—. Monsieur LeLoup ¿Lo ha visto? Aún conserva las cicatrices de nuestro pacto, iguales a éstas —afirmó mostrándome el brazo con los ojos iluminados.

Al finalizar la función, nos unimos a la tromba que seguía a *la Lamarque* a otra fiesta, en el Hôtel de Rohan. Una vez allí, entre el gentío e intimidado por el lujo de los espléndidos salones, mi joven amigo parecía dispuesto a abandonar su cometido. Sugerí entremezclarnos con el público y a prudente distancia, observar a la bella Arianne iniciando la *sarabande* con el duque de Nemours. Intervino el azar. El joven se encontró cara a cara con la esquiva Arianne que venía haciendo la ronda, saludando a sus admiradores. Ante las inquisitivas miradas de los presentes, la actriz escuchó, paciente las reminiscencias y reproches de Jean-Pierre. Una vez que éste hubo concluido su demanda, se abanicó y con aire ausente repuso:

—*Cher Monsieur*, yo no soy Ariette.

Jean-Pierre Guillot se desmoronó. En tanto que lo asistía, sentí envidia. Mi condición de vampiro no me permitía conocer aquello que los mortales llaman amor. Sabía odiar, sí. Esa noche odié a la pérfida Arianne, a la mujer que no se merecía el amor de Jean-Pierre Guillot ni el de ningún otro mortal. Tomé la determinación de vengarme de ella, y de la forma más cruel. Noches más tarde, saliendo de una taberna, también consideré necesario liberar a Jean-Pierre de su dolor. Cuando lo abordé, él no se resistió. Clavó en mí sus grandes, tristes ojos como si comprendiese que lo único que le iba a suceder en esta vida, ya le estaba sucediendo. Vacié su cuerpo frágil y lo dejé echado sobre la nieve.

Tan pronto llegué a mis aposentos, me invadió su esencia vital. Jean-Pierre y yo respirábamos el mismo aire y nos acariciaban los mismos sueños. Todas las razones y emociones que ligaban al desafortunado talabartero de Damercy a su Ariette/Arianne, bullían dentro de mí. Y yo, Gaspard LeLoup, gran señor de las tinieblas, amaba a Arianne Lamarque con pasión.

A oscuras en mi habitación, atormentado, fui sintiendo uno tras otro los dolores de la noche. Mi angustia recrudeció con las primeras luces del amanecer. Sabía muy bien que en ese preciso instante agonizaba Arianne Lamarque, envenenada por el ramillete de flores que tuve a bien enviarle al teatro, ayer, a última hora de la tarde, de parte de su amante, el duque de Nemours.

Los barqueros

A Susie Withrington y Miguel Ocampo

El servicio meteorológico había anunciado una tormenta severa, posible granizo y poca visibilidad. En la carretera, rumbo al norte y a una hora o un poco más de Catamarca, no calculamos encontrarnos con ese temporal hasta que un viento, violento, arremetió contra la camioneta. El día oscureció y la lluvia empezó a pegar fuerte contra el parabrisas.

—Berta, no tengo ni la más mínima idea de dónde estamos —dije. Ella tanteó la guantera, sacó la linterna y abrió el mapa.

—Me parece que vamos bien, sí, sí, es por aquí, esa curva, ¿la ves? ahí, a la derecha.

Aturdido por el granizo me metí por un pedregal que se hizo cuesta y en instantes, descendíamos a una velocidad aterradora. Frené pero ya nos íbamos por el aire, fuera del camino, bajando por un vacío interminable. Finalmente, hicimos fondo, con gran estrépito. En la oscuridad, extendí la mano para tocar a Berta. Estoy bien, dijo. Para que entrara algo de aire fresco, traté de abrir la ventana que se había atascado a medio camino.

Pregunté otra vez —: ¿Estás bien?

—Sí, creo que sí, no me duele nada.

—A mí los brazos. Pero estoy entero.

Berta abrió la puerta y salió unos minutos para lavarse con el agua de la lluvia, tenía algo de sangre pegoteada en la cara y manos. Dentro de la camioneta, inconcebiblemente tranquilos, esperamos a que escampara y saliera el sol. Más tarde, afuera, evaluamos la situación. Habíamos caído unos quince metros por debajo de la ruta y sobre una planicie de un par de kilómetros a la redonda, poblada de rocas gigantes. Comencé a preguntarme cómo diablos saldríamos de ahí.

Dispuestos a explorar, caminamos a campo abierto. Nos metimos en una cueva. Y después en otra. Nada. Nadie. Era como estar en la luna. Excepto por los alacranes y una víbora solitaria.

—No te preocupes, pediremos ayuda, no estamos muy lejos de la capital —mentí, para disimular el silencio acechante.

Emprendimos el regreso hacia el sitio donde estaba plantada la camioneta pero con la conmoción, no nos dimos cuenta de que un grupo de niños nos seguía. Se escondían detrás de rocas y arbustos. Iban semidesnudos, escuálidos. Fue imposible no compararlos con animalitos salvajes.

—¿Les viste la cara?

—Sí, de pájaro…la nariz es un pico de loro, jamás vi algo semejante. Están cubiertos de cal, de tierra. ¿O será ceniza?

Saludamos con la mano. No hubo respuesta. En voz alta dije que habíamos tenido un accidente y estábamos perdidos. Silencio.

—No hablan castellano —dijo Berta.

—O no hablan... parecen de la edad de piedra.

Señalé el camino superior y la camioneta, intentando hacerme entender, intentando que nos ayudaran.

Un adulto se les unió; barba tupida, plumas en la cabeza y un monito colgado a la espalda. Presumí que era el cacique o el chamán. Empezó a mover el brazo. No había dudas, nos estaba echando. Curiosos, un par de niños se acercó a examinar la camioneta. Uno de ellos saltó a la caja y se sentó dentro; el otro hizo lo mismo y también el perro que iba con ellos. Se me ocurrió que era hora de probar el motor una vez más. Cuando conseguí hacerlo arrancar —ante la asustada audiencia— le pedí a Berta que se subiera y con cautela, manejé el destartalado vehículo por entre las grandes rocas, buscando una salida a la ruta. Miré por la ventana trasera. Los chicos seguían allí, inmóviles excepto que sus caras de pájaro mostraban ahora una mínima expresión, cercana al asombro.

De milagro encontramos la salida a la ruta nacional. Mi intención era volver hacia la ciudad. Poco antes que nos sorprendiera la tormenta, habíamos pasado por un pueblito, sin embargo, en pleno camino, al divisar una iglesia, imaginé que en la parroquia se podrían ocupar de los pequeños salvajes que se me habían agregado.

El cura me recibió, alegre. No le duró mucho, en cuanto le conté el objeto de mi visita, se persignó. No fue un acto reflejo. Fue un gesto de autoprotección. Negó conocerlos, negó saber quiénes eran. Negó tener tiempo para seguir atendiéndome.

Con no poco fastidio e incredulidad seguí buscando el pueblito cercano. Al pasar por una despensa me di cuenta que tenía hambre y sospeché que nuestros silenciosos acompañantes también. Berta volvió con una bolsa llena de pan, fiambres, alfajores, Coca y frutas. Los chicos se negaron a comer. Tomaron un poco de Coca pero no pude distinguir si les gustaba o tenían sed.

Aproveché la pausa para probar el celular. Había señal y sin poder aguantar las ganas de compartir el descubrimiento, llamé a Pedro Freire, amigo de infancia y jefe del departamento de antropología del Museo Austral. Sorprendido, explicó que no conocía ningún grupo aborigen de esa descripción. Vestigios de culturas anteriores, Ansilta o aún más antigua, especuló. Sin embargo, le intrigaba la fisonomía tan peculiar que le había descrito, se conectaba con algo que había leído hacía poco. En cuanto tuviera más datos me lo haría saber.

Apenas corté, le pregunté a Berta qué hacíamos con los chicos. ¿Regresarlos a su lugar en la planicie o llevarlos con nosotros?

—Nada, no hacemos nada. Averigüemos qué quieren ellos.

Los chicos y el perro seguían en la camioneta. Una situación peligrosa, tarde o temprano el cacique vendría a buscarlos. Entonces recordé la reacción del cura pero interrumpí el hilo de mis pensamientos, me llegaba una llamada de Pedro y ya me había pasado una imagen.

—Flaco, ¿se parecen a estas figuras, esclavos que reman el barco de un rey?

—Sí, así son —dije, verificándole que en la imagen, las cabezas de los barqueros eran idénticas a las de los chicos que viajaban con nosotros.

—Entonces, haceme el favor, tomales fotos, todas las que puedas, porque este es un hallazgo antropológico importantísimo, si estoy en lo cierto son los descendientes de Qebehsenuf, el hijo halcón de Horus el Viejo, protectores de los difuntos y tutelares de las regiones de Occidente. Muy conocidos por los textos y cantos en El Libro de los Muertos, y los vasos canopos donde se guardaban las vísceras. Su única función, llevar a los difuntos al inframundo y de paso, interceder por ellos. Es simplemente alucinante que ustedes hayan dado con los barqueros y ¡nada menos que en Catamarca! Te paso un dato. Se está hablando de posibles migraciones egipcias y mesopotámicas a nuestra Sudamérica, desde hace unos 10,000 años atrás. Creer o reventar. Si encuentro algo más, te aviso.

¿De qué barqueros hablaba? Por la zona no había agua, ni un riacho siquiera. Berta mencionó a los barqueros del Lago Titicaca. Eso es mucho más al norte, dije.

Conseguí que los chicos se bajaran de la camioneta. Lo hicieron de mala gana y con un cierto desdén reflejado en sus pequeños ojos, oscuros y redondos. Por señas, los hice pararse junto al vehículo, uno al lado del otro para tomarles unas fotos. De frente, de perfil y hasta la base del cráneo. Terminamos la sesión. Berta, conmovida, le dio una moneda a cada uno. La tomaron, revisaron con cuidado, mordieron y guardaron en sus puños cerrados.

El próximo paso: enviarle las fotos a Pedro Freire. Para mi sorpresa, se habían malogrado.

—Algo anda mal con la cámara —le comuniqué.

—Probá otra vez —contestó.

Me di vuelta para acomodarlos una vez más, pero los chicos habían desaparecido y el perro también. Distraída, investigando un viejo camino entre pircas de piedra y cubierto de espinillos, Berta no se percató de la huida.

—Te excediste con tantas fotos, están molestos, andarán perdidos, buscando su gente. Hay que encontrarlos.

Pedro volvió a llamar. En la Amazonia peruana, en la perdida ciudad de la cultura Patajén, encontraron unas momias junto a unas estatuas o vasos canopos representando a los cuatro hijos de Horus: el halcón, el chacal, el mono y la forma humana. Todas con una asombrosa semejanza a las egipcias. Ya me enviaba unas fotos.

No esperé a verlas. Berta se mostraba muy inquieta y sin un minuto que perder, tomamos el camino en dirección norte. Por un buen trecho no hubo rastro ninguno hasta que ella los divisó en un desvío de la ruta.

Cuando los alcanzamos, se internaban en la planicie. El cacique iba con ellos. Esta vez, no nos echó. Sospeché que nos estuvo esperando todo el tiempo. Hizo un ademán y los chicos fueron tras él. Nosotros también pero en nuestro vehículo, hasta el faldeo de un cerro. Allí, con otro par de señas nos indicó que debíamos internarnos por un camino angosto que descendía a un valle donde circulaba un imprevisto río. No sé cómo, pero llegamos. Mientras el grupito hacía un alto en la orilla, nosotros estacionamos a prudente distancia.

De pronto Berta, transfigurada, se bajó de la camioneta. Le grité, intenté detenerla pero ya no me escuchaba. Tenía un aspecto nimbado y la determinación de los que deben cumplir un designio inminente. Los chicos y el perro aguardaban a bordo de una imposible embarcación, adornada con doseles.

El chamán se acercó y la condujo hacia la orilla. Indicó que abriera la mano para depositarle las dos monedas que horas antes les había dado a los chicos, y le pintó la cara con ceniza. Antes de invitarla a subir, se dio vuelta a mirarme, desafiante, sus diminutos y oscuros ojos de pájaro comunicándome que Berta y nuestra vida juntos pertenecían a un pasado irrecuperable. Supe entonces que no había nada más que hacer. Y en ese valle indiferente lloré por ella; y también por mí.

Moría la tarde cuando los barqueros, silenciosos, fueron soltando la soga que amarraba la barca y comenzaron a remar río abajo. Tras ellos sopló una brisa suave y sonaron, misteriosos y ligeros los címbalos que colgaban del baldaquino.

De visita en la casa de Ray Bradbury

La casa es sencilla, luminosa e impecable. «Exactamente igual a la de tus amigos» advierte Steve S., anfitrión y actual dueño de la propiedad. Es verdad. Estos días me hospedo a una cuadra de distancia, en una casa diseñada por la misma época y los mismos arquitectos. Sin embargo, a ésta y allá por 1958, *Popular Mechanics* la presentó como «La casa del mañana». Pienso que la declaración es un tanto exagerada porque no es más que una típica casa de Palm Springs, California, sin pretensiones y ubicada en un barrio pasado de moda. Steve —quien tuvo la gentileza de invitarme a hacer un recorrido— dice que fue ese anonimato lo que convenció a Ray Bradbury, en 1970, a comprar la propiedad. Era escritor y necesitaba un lugar tranquilo para trabajar. En la cima de su popularidad, con novelas y relatos que se trasladaban al cine y la televisión, Palm Springs se convirtió en su refugio, alejado de los ajetreos de Hollywood.

A instancias de Steve, comienzo a explorar por mi cuenta. Doy una vuelta rápida seguida de cerca por Jack, su perro. Me detengo en la cocina, salida directamente de las páginas de una revista de los años 50 o una escenografía de *Mad Men*. Hago memoria. En su nota del *Paris Review*, Sam Weller, biógrafo de Bradbury, la describe como «un *affair* con mucho cromo y color turquesa». Con el paso de los años, y la deterioración de los artefactos originales, Steve los reemplazó con los equivalentes aún disponibles en el mercado, pero en brillante color rosa. El número de habitaciones, baños y patio exterior quedaron tal cual se habían dispuesto durante los años que Bradbury y su familia estuvieron en residencia.

Pregunto si la casa conserva algún recuerdo del paso del escritor. No. Cuando se vendió, poco antes de su muerte, la familia se llevó todo. Razón por la cual la habitación que Ray Bradbury usara como su sitio de trabajo, no conserva muebles ni siquiera una biblioteca. Steve apunta a la pared perpendicular a la puerta y explica que apoyada contra ella, Bradbury tenía un escritorio de madera y una máquina de escribir; no le gustaban las computadoras. La pared hacía las veces de tablero, para colocar o amontonar papelitos, chicos, grandes, medianos, figuritas, tarjetas con apuntes, postales, párrafos escritos, aplicados con cinta adhesiva o tachuelas. Un sistema útil para efectuar cambios en el orden de los temas o lugar, según iba armando las tramas, y la secuencia de los capítulos. Fue fácil visualizar al escritor como a uno de esos generales que aparecen en las viejas películas de guerra, pinchando alfileres en un gran mapa, eternamente ocupados en el planeamiento de la próxima batalla.

Steve me deja sola en la habitación-estudio. La pared, respetuosa y vacía, se adelanta a entregarme el recuerdo de un momento «*bradburyano*»:

«*La habitación estaba en silencio y tan desierta como un claro de la selva un caluroso mediodía. Las paredes eran lisas y bidimensionales. En ese momento, mientras George y Lydia Hadley se encontraban quietos en el centro de la habitación, las paredes se pusieron a zumbar y a retroceder hacia una distancia cristalina, o eso parecía, y pronto apareció una sabana africana en tres dimensiones; por todas partes, en colores que se reproducían hasta el último guijarro y brizna de paja. Por encima de ellos, el techo se convirtió en un cielo profundo con un ardiente sol amarillo».*

De repente, a mis espaldas, oigo un carraspeo seguido de la voz de Ray Bradbury. Sí, es su voz, la tengo bien registrada con tanto video mientras alucino porque lo que ocurre no es normal, es inimaginable.

—Ajá... bienvenida, entraste por la gran puerta plantada en medio de La Pradera, ¡muy bien! —dice Ray aludiendo al cuento en *El Hombre Ilustrado.*

—Míster Bradbury —respondo casi sin voz.

—Por favor, llámame Ray, que ya estoy bastante más allá de las formalidades.

—Gracias, Ray —balbuceo, sin atreverme a girar la cabeza y enfrentar lo que sea, consciente de que no voy a encontrarme con una persona de carne y hueso. Cuando consigo hacerlo, descubro la presencia vivificada de un tal Ray Bradbury mirándome con atención, sonriendo de oreja a oreja como en todas sus fotos y acariciando un gato negro que lleva en los brazos.

—De nada, para eso están las paredes y a ésta —dice golpeteándola con la palma de su mano— la tenía cubierta de papelitos. Todavía recuerdo la cara que puso Steve cuando vino por primera vez, con intenciones de comprar la casa, claro, le pareció un despliegue de mal gusto, cosas de viejo excéntrico. Me gusta Steve, es buena persona. Ah... ¿viste cómo está la alfombra? Lamentable. Lo tiene muy preocupado...te puedo asegurar que este trapo va a terminar en la hoguera.

Unos segundos más, Ray desaparece y la habitación se sumerge en su silencio habitual. Miro alrededor. Sí, es verdad, el único, tangible vestigio de que él haya trabajado allí alguna vez está en la alfombra, gastada en el sitio donde se sentaba a escribir. Qué mejor evidencia que las pisadas, las idas y venidas del inquieto escritor, marcadas en el tejido.

Regreso al living, un poco más repuesta del cimbronazo que recibí al ver, cara a cara, al antiguo dueño de casa, y me formulo rápidas consideraciones. La casa guarda improntas, lo sé. Soy particularmente sensible a ellas. Naturalmente, esa cuestionable capacidad es fácil de aceptar. En cambio, reconocer que puedo *oír y ver a los muertos.*, ya es otro cantar. Aun así, me fascina la idea de mantener una interlocución directa con Bradbury, o mejor dicho, su espíritu. Empiezo a creer que lo conozco de toda la vida. Una ilusión. Tengo una idea del escritor, estoy familiarizada con sus escritos, nada más. Desde la otra punta del *living*, Steve pregunta cómo va todo. Bien, respondo. El pobre hombre no tiene idea de lo que está sucediendo.

Al cabo de un rato, reaparece Ray. Ansioso, volviendo la cabeza a uno y otro lado como si tratara de orientarse. «No tenemos mucho tiempo», me dice en voz baja y conspiratoria. «Vamos, ponte ahí, en el vestíbulos». Ahora entiendo, quiere recibirme formalmente. Avanza unos pasos y me da un fuerte apretón de manos. No es un hombre alto. Ya lo había notado en algunas de sus fotos, cuando era joven, al lado de varias celebridades de Hollywood. Su rostro es importante aún dominado por esos enormes anteojos de marco oscuro y la sempiterna mata de pelo blanco. La sonrisa, cordial y expresiva. La mirada, penetrante.

Del vestíbulo pasamos al living. Sin preámbulos, pregunta todo lo referente a la Argentina, la situación política, los años que pasé en los EE. UU, los estudios realizados y mi escritura.

—¿Sabes? estuve en Buenos Aires, hace unos años, para la Feria del Libro.

Conversamos un poco más hasta que decido entregarle el micrófono. Había leído que le encanta explayarse sobre su propio impacto en los géneros de la ciencia ficción y fantástico.

—Esto de la ciencia ficción es muy sencillo…no es nada más que una ficción de ideas.

Nos sentamos ahora en el cómodo y moderno sillón de Steve. Hablando a una extraordinaria velocidad, Ray repasa momentos y anécdotas de su vida. Comienza con su infancia, allá en Illinois, los años de extrema pobreza que sufrió su familia, el tiempo que pasaron en Tucson, Arizona y por último, el traslado definitivo al sur de California. Todo ello sin escatimar comentarios sobre su amor por los libros de aventuras, Jules Verne o H.G. Wells, los dinosaurios, sus primeras incursiones en la literatura, el día que conoció a Marlene Dietrich, ¡ah, qué mujer, qué sexy! y los eventos que inspiraron *El Hombre Ilustrado* y *Fahrenheit 451*. Le fascina hablar de su vida en general y las penurias económicas en particular, de su esposa, la única mujer que cortejó y de quien siempre estuvo enamorado. Además, siente la necesidad, el deber de recordarle al mundo entero los sacrificios que hizo su querida Marguerite para que él continuara escribiendo. Los ojos se le llenan de lágrimas.

—Sin ella, sin *my sweet, darling Marguerite* no hay Ray Bradbury.

Nunca fue a una universidad, declara, ufano. Adquirió toda su experiencia y sabiduría en las bibliotecas.

—Soy un bibliotecario. En esta casa, en la que viví cuarenta años, guardé muchos libros. Viví bien, a gusto, tranquilo, hasta que enfermé.

En la cocina, milagrosamente resucitada en «cromo y turquesa» al igual que Ray, quien ahora porta unos juveniles cincuenta años de edad, luce una camisa hawaiana y un par de *shorts* blancos que contrastan con su piel bronceada. Por suerte, no me gasta su broma habitual, eso de aparecerse en *short*s con el torso desnudo y una corbata al cuello. Por el momento, todo va bien hasta que empieza su «corre que te corre» por toda la casa, a la *Alicia en el país de las maravillas*, «no, no hay tiempo» murmura para sí, buscando vaya a saber qué entre pasillos estrechos y paredes cargadas con pinturas o portadas de sus libros y revistas.

—*My dear*, no te asustes, he vuelto del futuro, como la vieja bruja de los tatuajes mágicos. Mira, estoy desesperado… un libro que tenía por aquí…caramba, no lo encuentro.

Según Steve, Ray había acumulado cientos de libros en el garaje. La casa se vendió, Ray falleció y una de sus hijas se los llevó a Los Ángeles.

—Oh no, de eso no me acuerdo —dice.

Es comprensible, año y medio atrás estaba muy enfermo. Le urge encontrar ese libro, necesita verlo antes de volver a ese lugar de donde acaba de llegar; en pocos días se cumplirá un año de la fecha de su transición: 5 de junio de 2012.

—Mi Dios, ya hace un año, ¿te das cuenta cómo pasa el tiempo? Créeme, es importante, debo regresar con el libro —insiste, dándome a entender que deberá participar en algo así como una iniciación o comparecer ante alguien. Pregunto si el libro que busca es suyo o de otro autor.

—Mío, por supuesto. Es un cuento. «El Lago». Tally, mi amiguita de infancia, desapareció en el agua, hace muchos años pero ha regresado a la playa, y está allí, construyendo un castillo de arena. ¿No te parece maravilloso?

Me pregunto entonces qué designio extraño y desconocido proyectó esta visita para darme la oportunidad de ver y compartir aquello que sucede más allá del portal de la pared. ¿O la selva africana?

—Salgamos al patio —invita, entregándome una copa de vino y equilibrando una bandeja con bocaditos. Se ha puesto un sombrero de paja, de ala ancha. Nos sentamos al lado de la piscina, bajo el despiadado sol de la tarde.

Cito una de sus frases: Ardiente sol amarillo.

—Ray, ¿le gusta el sol, verdad?

—Sí, mucho. Pero me gusta más el fuego. El poder aniquilador del fuego. Lo describo en Fahrenheit, ¿te acuerdas? La quema de ideas y tantas otras cosas más.

— ¿Qué otras cosas, Ray?

—Las más tristes, la sociedad moderna, embrujada, manipulada por los medios y las tecnologías. No fue mi intención predecir futuros sino prevenir los males del futuro. Bueno, ya lo ves, las cosas cambian, de prisa, y es nuestro mundo el que ha cambiado, nunca imaginé cuánto.

Steve enciende las regadoras automáticas. Es la señal de que la hora acordada para esta visita va llegando a su fin. El césped se humedece. Furtivos, los conejitos cola «pompón de algodón» se acercan al jardín. En la otra calle se escuchan, insistentes los graznidos de los cuervos.

—¿Ya te conocen?

—¿Quiénes?

—Los cuervos. Oye, ahora mismo graznan y regañan. Quiere decir que anda gente extraña por el barrio, gente de domingo, de visita. Son aves increíbles, con memoria fotográfica, capaces de registrar quienes van y quienes vienen. No se olvidan de nada ni nadie. Saben que hoy estoy por aquí, vengo a menudo.

—No lo sabía. Los pájaros negros me recuerdan a Hitchcock. —Ray sonríe, enigmático. Imagino que tiene más de una anécdota que contar sobre el famoso sujeto.

—¿Por qué Palm Springs? —pregunto.

—¿Has estado alguna vez en el desierto, camino a Arizona?

—Sí. Me pareció inhóspito. Me dio miedo.

—Pues, Palm Springs está en medio de un desierto que es hermoso, como Marte. Y me estoy acercando, queda poco tiempo —agrega sin elaborar.

La conversación desemboca en *Crónicas Marcianas*. Le recuerdo que la edición en castellano de 1955 contiene un prólogo de Jorge Luis Borges.

—Ah —declara circunspecto juntando las puntas de los dedos—. Todo un honor para mí. Inesperado. Por esa época recién empezaba a establecer mi presencia como escritor.

De repente se palmea la pierna y vuelve a mirarme.

—Ya que estamos, me gustaría que me explicaras por qué en ese famoso prólogo, Borges escribió:

«En este libro de apariencia fantasmagórica, Bradbury ha puesto sus largos domingos vacíos, su tedio americano, su soledad, como los puso Sinclair Lewis en Main Street».

—¡Por Dios! Cuán poco conocía ese hombre. Es sorprendente. Además, como decimos los americanos, la cosa se puso personal. ¿Domingos vacíos? ¿Tedio americano? ¿Soledad? —cuestiona Ray en voz alta—. Porque la realidad es más o menos así. Con cuatro hijas pequeñas, una adorable esposa en casa, abrumado de trabajo, nunca tuve un domingo vacío ni me sentí solo —afirma con una pizca de sarcasmo que mal pretende ocultar su enojo—. ¿De dónde diablos habrá sacado Borges eso del «tedio americano» o acaso los tedios cargan con nacionalidades?

Ray está a punto de perder la compostura. Me ruborizo; sin duda, efectos de la vergüenza ajena. Y temo, percibo un sutil distanciamiento. Por esa misma razón no creo oportuno agregarle leña al fuego confesándole que desde hace ya un tiempo, a mí también me desconcierta el comentario borgeano, discordante y huérfano, insertado en una apreciación magistral. Tampoco mencionarle los recientes comentarios de otra compatriota, Angélica Gorodischer en su nota *Una excursión al planeta Marte* que publicó en la *Revista Ñ:*

«Fíjese: el señor Bradbury no es uno de los amores de mi vida. Es blandito, romanticón, y lo peor de todo, moralizante. Pero (la cosa se pone interesante cuando interviene el adversativo, ¿no?) escribió, Bradbury digo, una novela excepcional que es Crónicas Marcianas *a la que Borges le puso un prólogo magnífico».*

Concluyo que no vale la pena tratar de explicar.

Cae el sol. Ray toma otro sorbo de su *Bloody Mary,* gira la cabeza hacia el lado norte del jardín y contempla las rocas de San Jacinto, la enorme montaña que vigila a Palm Springs.

—Quiero aclararte algo, *my friend.* Allá, de donde vengo, no te quepa duda que mis domingos son vacíos y me aburro a mares. Y de hecho, nada de todo esto tiene importancia —comenta, pausado, observándome en la luz crepuscular como si me viera por primera vez, antes de difuminarse por el espacio y el tiempo.

La visita llega a su fin. Según mi reloj, duró una mísera hora. Pero tal vez no haya sido más que un instante, transformado y comprimido en la chispa de su mirada.

So long, Ray. Hasta siempre.

Al salir, Steve me acompaña al lugar donde estacioné el auto.

—Estoy pensando en cambiar la alfombra de esa habitación pero no sé qué hacer con las pisadas de Ray, sería una lástima perderlas, ¿no crees?

Le sugiero que las conserve cortando la vieja alfombra alrededor del tejido hollado y poniendo ese pedazo entre dos piezas de vidrio. Quedaría muy bien colgado en la pared del estudio.

Lo tendré en cuenta, dice Steve al despedirnos.

AGRADECIMIENTO

Miriam Ascúa

Emma Gargiulo

Pablo Martínez Burkett

Lilian Biscayart Melo

Blanca Miosi

Marlene Moleon

Steve Simonian

Ernesto Valdés

Fernando José Veglia

LA AUTORA

Violeta Balián. Nació en Buenos Aires, Argentina. Es autora de la novela *El Expediente Glasser,* un thriller de ciencia ficción cuya segunda edición se publicó en 2013 bajo el sello de Eriginal Books (Miami, Florida). Como cuentista colabora regularmente con las revistas inter-nacionales *miNatura* y *Periódico Irreverentes.* Varios de sus artículos y relatos se han traducido al inglés y el francés. Con el micro-cuento *Águilas Blancas* integra la antología *Lectures d´Argentine, Nouvelles et microrécits, Auteurs Argen-tins du XXI Siécle* compilada por la Universidad de Poitiers (Francia). Violeta Balián reside en las sierras de Córdoba, Argentina y Miami, Florida (EE.UU).

Email: violetabalian@gmail.com

LA ILUSTRADORA

Miriam Ascúa. (Córdoba, Argentina) -

Licenciada en Bellas Artes. Pintora, dibujante gráfica y de comics, ilustradora *freelance*, cultora de medios de representación no digitales.

Email: miriamascua@gmail.com

Blog: miriamascua.blogspot.com.ar